JN280514

∞《むげん》

坂上いくよ
Sakagami Ikuyo

文芸社

風は吹き
花は散り
雲は流れ
私は
生きる

∞《むげん》　もくじ

I

あなたに会いたい
元気ですか？
今日もこの空の下
私とあなたはつながっている
相方さん
私の相方さん
元気ですか？
私はここにいるよ
青い空の下
今日もここにいるよ

あなたの存在が
私の知らない私を見せてくれた
もしも何も気づかずに時を過ごしていたなら
時間を捨ててしまうところだった
危なかった
あと一歩のところで救われた
あきらめなくて良かった

見つめる事で伝わる想い
伝わっているはずという想い
伝わっているかどうかなんて
あなたを信じていなければすぐにも溶けてしまう

自分を信じなくては
あなたを信じなくては
信じる気持ちを　あえて
あえて生み出さなくては

人に寄り添えば
孤独を際立たせるだけだと
誰かと心を通わせ合えば
傷つけ合ってしまうだけだと
でも　それを上回るほどの
あたたかさが得られるはずだから

あなたと呼吸を合わせて眠れたら
同じ夢を見られますか
夢を分かち合えますか
深い深い眠りの中で
いつのまにか一つになって
朝　目覚めたら
また離ればなれ

孤独をつきつめすぎて
たった一人で生きられる
そんなあなたに憧れて
そんなあなたが憎らしい

好きです
大好きです
愛しています
だから
愛して下さい

そんな自分勝手なわがままは
絶対に言えない

あなたがそっと私に触れる
指先からあなたの愛が流れてくる
私とあなたを繋ぐ
そのただ一点のぬくもりが
あなたは幻ではなく
確かに存在しているんだと思える
唯一の瞬間

男が動物に戻る瞬間
瞳の色が一瞬にして変わる
どんなに優しい人間にも
その時は訪れる

その瞳の色は恐しく
女はいつもその色におびえ戸惑い
逃げ出したくなる恐怖と
受け入れたい愛に悩まされ
ギリギリまで迷い
静かに目を閉じ
そして黙って身を委ね　包まれ
いつしか我を消し
我を消し

あなたに触れて
近く遠い距離を
何とかして縮めようと体を重ね
それでも決して埋まらない遠さに
がく然とし
それでも体を

虚しいとは思いたくない
それで一つになれると信じよう
たとえ真実は違うとしても
その一瞬は溶け合えると信じよう

キスしたい　さわりたい
ふれたい　ひとつになりたい
あなたじゃなきゃ
あなたじゃなきゃ
あなたしか私の体に入れさせない
とばしてください
たましいを
心なんてなくしてください
体のかんかくすらなくしてください
あなたのちからで
私をとおくに
とばしてください

人間と人間の恋愛は
本能と知能のかけひき
理性を失う瞬間が必ず訪れてしまうから
恐しい
それでも自分を人間だと忘れてしまう瞬間ほど
愛おしい
自分を動物と思える瞬間ほど
生きていると実感できるから

あなたの熱さを
口にふくむ
私が私のすべてをそそいで
あなたを連れていこう
どこか遠くへ
連れていこう

もうやめよう　追いかけるのは
遠く遠くで輝いているのを見ていよう
近づきすぎればまぶしさに目を開けていられない
たちまち道が見えなくなって
気づいた頃には迷子になってしまう
だから
もうやめよう　追いかけるのは

開き直る事と
受け入れる事と
やけくそになる事を
一緒にしてしまうところだった

愛してるなんて
愛してるなんて
すごく思い込んでないかぎり
言っちゃいけない

言いすぎると軽くなる
言わなすぎると重くなる

あなたに頼ったままでは
いつまでたっても強くなれないけれど
私は女です
自分独りでいられる様になってしまっては
可愛くないもの
あなたがいないと生きてゆけないと
そっと想える女でいたい

ただ　ただ
あなたを一生愛したままで
死んでいこう
私がそれを望むなら

キラキラと
儚く散りゆく我が宇宙
それすら触れ得ぬ
夢のまた夢

II

生まれる時の産声は
らせんから抜け出せない悲しみの声
でもきっとまた色んな気持ちを味わえるんだっていう
喜びの声

Ⅱ

大人になるにつれ
人はキラキラ輝く宝石を削っていく
世の中に馴染むため
世の中を上手く渡るため
賢くスルスル通り抜けるため
だけど…
世の中をうまくやり抜かなきゃならないなんて
誰が決めた？　誰のやり方をマネしたいの？
私は多少生きづらくたって
周りの敵が増えたって
理解されなくたって
笑われたって
叱られたって
自分の中のキラキラの宝石を守るんだ！

うちのそばに大きな大きなかしわの木がある
何百年と生きている
そのかしわのおじいさんは
いつも何も語らない
いつも何も求めない
ただ葉をしげらせ　ただ虫たちをはわせ
小鳥達が幹をつつき　その虫を食べるのをじっと見ている
ひっそりと生きて
与えるだけ与えて
いつかいつか死ぬのでしょう
私は
かしわおじいさんになりたい
自ら進んで
かしわおじいさんになりたい

ちっともちっとも
悲しいことなんかじゃない

ほら犬が笑ってるよ
あ、そこで木が切られてる
雨が私たちをうるおす
みんな気づいて！
早く気づいて！
勝手な人間
私も昔はそうだったんだ……
みんなをもう責められないな
ただだまって見守ろう
みんな必ず、いつか気がつく
地球や
宇宙や
もっと大きなナニカに
守られてるってこと

神様ごめんなさい
私たちを許してね
たまにはおこってもいいんだよ
だまってないで
たまには説教してよ
じゃないと人間はつけあがる

戦争が始まった
テレビではたくさんの人が討論している
〝今回の戦争は新しくなりました〟
〝ピンポイントで攻撃できる様になりました〟
〝兵器の進化です〟

戦争の進化?
その進化にどんな意味がある
サルのままでいられたら
人類は平和だったろうか

ある独裁者の生い立ちを知った
たくさんの人々を傷つけている彼は
人一倍傷つけられて育ったという
幼い彼は暴力の日々の中で
どんな愛のカタチを学んだのだろう

誰か彼を許してはくれないか
彼を傷つけたその親も許そう
そのまた親も　また親も

全てを許し　その上で愛を与え
そして祈ろう
傷を背負った痛みのらせんから
いつか抜けられる日が来るように

そしてもうこれ以上
そんな憎しみを生み出さないように
祈ろう
祈ろう

人の魅力は
その人の心の中の宇宙の大きさに
比例するのではないでしょうか
自分の宇宙の大きさを
みんな自分で決めてしまうけれど
本当は無限なのに

人の人生や
地球の未来や
宇宙の広がりを
長い長い永い目で見ると
いつかきっと
きっと必ず
みんなが平和を愛する時がやってくるだろう

みんなみんな永い時間をかけて
間違いに気づき
少しずつ　少しずつ
間違わない方向へ向かっているのだろう

未来は明るい

何千億年もかけて
きっと明るくなるだろう
今はこんな様子でも
みんな永遠に登り坂の頂上を目指しているなら
頂上なんて
ないだろうけど

進むためには覚悟が必要
歩くためには覚悟が必要
つまづくたび
壁にぶつかるたび
何度も何度も覚悟する
覚悟はその都度　どんどん重みを増し
心はそのたび強くなる
人は一体強さの中に
何を見出すと言うのだろう
答えなんてない
答えなんてどこにもない！
そうやって
自分で自分を叱りつけなくては
一歩も動けない

みんなの未来はあそこに
みんなの希望はあそこに
だからと言って
だからと言って
それを誰が教えてくれる?

深い闇の底へ潜る勇気がなくては
孤独の黒い手はいつも自分の中に
希望の輝く手もいつも自分の中に

無は限りなく
私の心は吸い込まれそうです
いつも側にいると思っていたあなたすら
本当はあんなに遠かった
現実に負けて
想像に負けて
無に戻るくらいなら
私はそんなものは見ない
あえて光に目を向けて
振り返らず
立ち止まらず
ただただ光を目指そう
その光すら私が作っているのなら
創り続けよう

創り通そう
いつかの日まで
自分を信じきろう

運命の赤い糸?
魂の生まれ変わり?
神サマ?
仏サマ?
天国?
地獄?
そんなものどこにもないよ
希望が欲しくて創ってしまった
ただの幻想さ

じゃあ何を頼りに生きればいいのかって?
自分自身だろ
それしかないだろ
早く認めちゃえよ

覚悟しろよ
お前も大人になれよ
ほんっとガキだなぁ
そんなんじゃこの世の中
生きていけないぜ

心の物さしを広げて広げて
これ以上ないくらい広げてみたら
そこにあったのは
ただ一粒の小さな点でした
その点から無限に広がる世界に
私はいつも支えられる
身ひとつでここまできたけれど
目には見えない引力で
たくさんのものに関わって
私の居場所をみつけたら
とても楽になりました
そして楽しくなりました

ゆりかごの様なこの場所を

私はいつでも持っている
そしてみんなも持っている

精神の孤独なんてそんなちっぽけなもの
日常のあったかみには負けるでしょう

愛する人を守りたい
自分を捨てて
欲を消して
みんなに愛を
与え続けたい
ただただ与えるだけ
与えて与えて与えつくして
この体が止まるまで

理由がないと不安なの
もともとないのにそんなもの
何もないのに
ただの私しかそこにはいないのに
地球も花も動物もただただそのままのもの
だから私達は
何も争うことなんてないはずなのに
幸せも不幸せも　もともとないのに
みんなわざと作る
不安だから作る
意味をつけたがる
私は……　そのままふつうに死んでいくだけでもいいや
もともとそうなんだから
何か残したんだとしたら

それは子供
それだけでいいや

万華鏡の中にだけある幻想
あんなふうに覗けたら
世界も笑っちゃうほど愉快で美しい

何か一つのことに集中すると
まわりが全く見えなくなる
時間も忘れてしまう
食べることも
ねむることも
一緒にいる人のことまで
それでたくさんキラわれてきた

魂と心と体
人は3つに分かれてる
心にしばられず
産まれたての赤ちゃんみたいに生きよう

私は木
私は森
私は山
私は海
私は空
みんな同じ
ただ生きるだけ

今、今、今
この3つの今はもう過去になった
過去　未来　今
過去はもうない
未来もまだない
あるのは今だけ
今この時だけ
そしてほら、また過去になった

今日のお昼はチョコパン
このチョコは……
誰かががんばってどこかで作ったんだろうなぁ
チョコになるまで色んな人ががんばったんだろうなぁ

ん？　このつぶつぶついてるアーモンドは……
どっかの南の島の人が種を植えて、育てて
それをどっかの人が運んできて、細かくくだいてくれたんだろうなぁ

このパンも……
小麦を作った人はがんばったろうなぁ
畑仕事もラクじゃないよなぁ
パンをこねる人も卵を産んだニワトリも
がんばったんだろうなぁ

あ、中に入ってるのはホイップクリームか
ありがとう　牛さん

みんな　みんな
生きててくれて
ありがとう

みんながいるから私がいて
私がいるからみんながいる
ぐるぐるぐるぐる
まわっている

心の中の一点から何が見えますか？
私には何もかもが見える
そして何もかもが見えない

相反するもの達が
存在を許されるあの場所へ
さぁ　行こう

希望を生み出せ
希望を創り出せ
真理に負けるな
真理に悩むな
今ここにいるこの自分の身ひとつで
勝負しろ
楽しめ
楽しめ
全てを遊べ

絶望に絶望する様な馬鹿にだけはなるな

あきらめたもん勝ち
受け入れたもん勝ち
ただ黙って
やり遂げたもん勝ち

夢を持ち
願いを持ち
何も持たなくても歩かなくてはならないこの道に
色を添えよう
強くささやかに
色を添えよう

私の趣味は
『人生』です

III

赤ちゃんの瞳は吸いこまれそう
自分が何かも知らないなんて
うらやましすぎる
自我が芽ばえないとこの世の中じゃ暮らせないなんて
ひにくな話ね

あなたは可能性のかたまり
カベにぶつかり
逃げたり、立ち向かったり
毎日毎日
その一瞬が戦い
ママはあなたを
見つめてる
いつでもずっと
見つめていられる
女に生まれてよかった

愛を欲しがる子供達へ
幼いうちは愛の生み出し方を知らないから
身近な大人が広い心で
たくさんの愛を与えよう

愛を知らずに育ってしまわないように
みんなで守ってあげよう

もしも愛する術《すべ》を持たずに成長してしまっても
大人になればきっと恋をする
愛を知る

私たちはいつでも希望を持てるんだ
すさんだ心を温めて

いつからだって遅くはないよ
だからどうか
どうかお願い
自分をいじめてしまわないで

死にいそぐ人は
きっとまわりが見えてない
もったいない
もったいない
もったいなさすぎる
首をつって死んだ私のおばさん
狂って病院から飛びおりた私のひいおじいちゃん
弱って弱って
自分の心に自分で愛をあげられずに
赤ん坊の私を抱えて自殺しようとした私のお母さん
覚えてる
覚えてるよ
私は覚えてる
今まで忘れてたけど私は覚えてる

お母さんの死に向かう恐怖を
私は体中で感じてたよ
道連れにしないで
私はあなたの人生とは別のところで生きている
あなたの弱さに
私を巻き込まないで
私はまだ死にたくない
生まれたばかりなのに
まだ死にたくない
イヤだ　殺さないで
私を殺さないで

でも今は

お母さんだって元気に生きてる
何かを乗り越え
幸せに笑ってる
ビールが大好きなお母さん
サウナ通いが日課のお母さん
じいちゃんばあちゃんの介護にあけくれ
毎日へとへとのお母さん
山菜採りが大好きなお母さん
子供を産んで、今なら許せる
子供を産むまでは知らなかったの
気づかなかった
私を道連れに殺そうとしたのも
お母さんの愛だったんだ
今なら笑って許せるよ

親だって人間だもん　完璧じゃない
あの時死ななくてよかったね
踏みとどまれて良かったね
お母さんが乗り越えられたから
私の今がある
ありがとう
大好きだよ
愛してるよ
これからも仲良くしよう

中絶する時
赤ちゃんはイヤがって
冷たい鉄から逃げるんだって
逃げ場もない
羊水の中で

親は親
子供は子供
血はつながっていたって
人生は別モノよ
一個人として接しなければ
私のクールさを
あなたは知らない
人はみんなホントは一人
その人生に口出しは無用だわ

お父さん
娘に甘いお父さん
思春期の頃私はお父さんを拒絶した事があった
それは「女」を自分の中に認識しはじめた私の
「男」という生き物に対する拒絶だった
さみしい思いをさせたかな
たくさん心配かけたかな
今になって思う
娘の前ではグチひとつこぼさず
黙々と仕事に打ち込み
私達家族を必死に支えてくれたお父さん
その背中が
たくさんのモノを背負った背中が
なぜだかとても

愛おしい

ありがとう
お父さん
あなたの娘で良かったよ

おばあちゃんは赤ちゃん
ボケちゃって
いつも笑顔を絶やさない
キラキラ輝くひまわりみたいに
みんなの心を温める
時々わがままも言うけれど
おばあちゃんは
おばあちゃんは
きっと何かを思い出したんだ
ボケる事は忘れてしまう事だけじゃない
思い出す事でもあるんだ
おばあちゃんは
すごくすごく幸せな微笑みで……

おまけ

雨ニモマケズな男

みかみ君はいつもぼーっとしている。
ぼーっと空を見たり、時計の針を見たり、走る車を見たり、
とにかくじーっと色んなものを見て、たまに遠くを見る。
話しかけると「へっ?」と笑う。
質問すると「さぁ……」と首をかしげる。
みかみ君はたまにボソッと言う。
「お?」とか「あ…!」とか。
どうやって暮らしているのか誰もよく知らない。
聞いても「普通に暮らしてる」としか言わない。
このあいだ、みかみ君は道でヤクザにからまれてボコボコにされた。
というウワサを人づてに聞いた。

「大丈夫だった?」と聞くと
「うん、生きてるから」と言った。
「それでどうしたの?」と聞くと
「どうもしない」と言った。
みかみ君はちっとも私に話しかけてこない。一緒にいるのに。
なんだかイライラして「私なんて必要ないんでしょ!」と怒ってみたら、
「いらなくないよ、いるよ、絶対」と言った。
そしてふふっと笑った。
みかみ君は
みかみ君は
私の事なんてちっともスキじゃないんだ。
もういい。もう連絡なんてしないもん。
連絡しなかったけど、みかみ君からの連絡もなかった。
そういえばもともと、みかみ君に誘われた事なんて一度もないけど。

それでも私はみかみ君がスキだ。
そんなみかみ君が、私はスキだ。

ある日本屋で立ち読みをした。
宮沢賢治の〝雨ニモマケズ〟。
〝ソウイウモノ〟がみかみ君ぽくて、
笑った。

ひなたぼっこ

おばあちゃんは天気予報の天才だ。おばあちゃんの予報には熱帯低気圧がどうとか、梅雨前線がどうとか、そうした根拠は一切関係ない。勘だけでズバズバ当てる立派な気象予報士だ。最近はＴＶの天気予報もよく当たるけれど、おばあちゃんの方がずっと信用できる。なぜなら、はずれた事がないのだ。今まで一度も。

そんなおばあちゃんはひなたぼっこが大好きで、いつも日当たりのいい指定席にちょこんと座り、お茶をすすっていた。


その日は朝から快晴で、空には夏特有の濃い青が広がり、素敵な夕陽が見れそうだった。

私は親友と海に行く予定だったので、前の晩から水着を選び、この夏初めての海水浴に気持ちを浮き立たせていた。

居間で支度を整えていると、おばあちゃんが声を掛けた。

「マミちゃん、出かけるのかい?」

「そう。友達と海に行ってくるの。大学は夏休みに入ったから。おばあちゃん、今日の天気はどう?」

するとおばあちゃんは、いつもの様に空を仰ぎ、雲間に視線を集中させた。眉間のシワがぐんと深くなり、眩しそうに目を細める。遠い遠いあの空の何かを確かめる様に。天気予報をする瞬間のおばあちゃんはまるで、空と会話をしている様だった。私は、今まで何度となく見てきたその不思議な表情が大好きだ。幼い頃はその顔が見たいがために、毎日天気予報をせがんでいた。おばあちゃんは、ほんの3、4秒間だけの空との会話を済ませると、いつもの穏やかな表情に戻り、私に告げた。

「そうだねえ。今日は夕陽は拝めないだろうねえ。傘は、まあいらないよ。気をつけて行っておいで」

「なんだ。テレビでは一日晴れるって言ってたのに」

そんな調子で、私が出かける時は必ず天気予報をしてもらっていた。

「いってきまーす」

私は熱い日射しの中へ飛び出した。


その日はミナコと近所のバス停で待ち合わせていた。ミナコとは中学時代から、かれこれ8年の付き合いになる。体と心が成長する思春期まっ盛りの時期を共に過ごした唯一の親友だ。先にバス停に到着したのは私の方だった。海でミナコの2番手の彼であるヨウジ君と、その友達の男の子と落ち合う予定になっている。2番手の彼……と言うのも、ミナコはかなりの男好きで、上手い具合に男を操り、常に最低3人はキープしているのだ。

バス停から海まではほんの20分。小さな港町のこの市内は、最近若者が就職や進学のためにどんどん都会へ流れて行き、昔より活気が無くなっていた。それでも私はこの街が好きだった。住み慣れた愛する街にはたくさんのベストポイントがある。夜景を見るなら港の明かりが水面に反射して美しく揺らぐあの場所へ。夕焼けを見るならだだっ広い草原が金色に輝くあの場所へ。そんな穴場を数多く知っている。市外へ出るのもいいけれど、生まれ育った土地を隅々まで知り尽くした物知り博士になるのも悪くない。この街を離れるという選択肢は、私には考えられなかった。そして、それはある意味、とても幸せな事だった。ひとつの街で一生を終えるということ。たくさんの世界をあえて見ないということ。それによって守られる心がきっとある。その中にだけ存在する純粋さを、そこからしか見えない世界を、私は選びたかった。

ミナコを待ちながらそんな物思いにふけっていると、ポンと肩を叩かれた。

「何ボケッとしてんのよ。口開いてる」

振り向くとミナコが立っていた。

「ミナコ、遅いわよ！　バスに乗り遅れたらどうするの？　1時間に1本しかないのに」

「間に合ったんだから文句言わないの。それより今日の海、イイ男いるかな？」

ミナコがニヤニヤ笑った。

「もう！　これ以上男増やしてどうするの？　ヨウジ君も一緒なのに馬鹿な事言わないで」

「あら！　夏の海はパラダイスよ！　イイ男はちゃんと拾って帰らなきゃ。マミもたまには恋愛したら？　女ざかりが終わっちゃうわよ！」

「大きなお世話よ。私はミナコみたいに絶対度の低い恋愛はしないの！　どうせするならあなたのためなら死んでもいいわって位の恋をしないと女がすたるわ。量より質よ！」

「うるさいなぁ。質より量なの！」

私達はお互いの顔をにらみつけ、すぐにゲラゲラふき出した。

そうこうしているうちにバスがやって来た。

この街のバスはとてもカラフルで、車体に様々な広告のイラストが大きく描かれている。

「今日は象さんバスだね」

象さんバスとは、この街の動物園の広告バスだ。でっかい象が向こうからやってきて、私達の目の前でゆっくり止まった。

クーラーの効いた冷たい車内に乗り込むと、私は窓際に席を取り、外の景色を眺めた。

買い物途中のおばさん。自転車で坂道を登るお兄ちゃんの必死な顔。散歩中の犬。家々の表札。街路樹のうすみどりの葉っぱ。タクシーの乗客のうつろな表情……。

そんな目に映る物全てがどんどん後ろに流れていく。私は飽きる事なく、窓ガラスに鼻をくっつけてその景色を眺めていた。

一見、テレビ画面の様なこの影像も、生で、自分の肉体で、一つ一つ小さなかけらに切り取ってていねいに感じれば、それらはいつでも生きる意味の根っこに通じている気がした。

「マミ、あんた助手席に乗ってる犬みたい」

「いいの。だって好きなんだもん。外見るの」

しばらくすると、流れる景色の先に水平線が見えてきた。バスが止まり、風景のスクロールもストップする。

バスを降りた私達は、独特の重みを持つ潮風に包まれ、波打ち際へと歩き出した。

砂浜に敷物をしき、水着で寝そべっているとヨウジ君が現れた。

「よお！　ミナコ！　あ、こんにちは。ヨウジです」

チャラチャラした雰囲気のヨウジ君は、私を見て挨拶した。

「初めまして。マミです。よろしく」

私はペコリと頭を下げた。

「ヨウちゃん、今日ジェットスキー乗せてくれるんでしょ？」

ミナコが甘えた声でヨウジ君の腕に絡みつく。ヨウジ君は茶髪の傷んだ髪をかき上げながら言った。

「いくらでも乗せてやるよ！」

「さすがあ。ヨウちゃんかっこいい！」

ミナコが目の前でイチャイチャし始めて、見ているこっちが恥ずかしくなった。

「あれ？　もう一人の友達は？」

私が尋ねると、

「サトシだろ。そのうち来るよ。ここで直接待ち合わせてるんだ」

「そっか。じゃあ私はじっくり肌焼いてるから、二人でジェットに乗っておいでよ」

私は二人が仲むつまじくじゃれ合う姿を遠くで眺めて、のんびりしようと思った。

「いいの？　じゃあお言葉に甘えて。そのうちサトシも来るからさ」

ヨウジ君が言った。

ミナコはそっと私に近づき、ヨウジ君に聞こえない様に小声でささやく。

「イイ男にナンパされたら、ちゃんと電話番号確保しといてね」

そう耳打ちすると、すぐにキャーキャー言いながらヨウジ君と手を繋いで沖に出て行った。

ミナコの男に対するあのエネルギーには尊敬の念さえ覚えてしまう。まったくもう。

それでも私は、そんなミナコの若さむき出しの正直さをどこかでいとおしく思っていた。

騒々しい二人がいなくなり、私はのんびりと肌を焼き始めた。夏の攻撃的な太陽は、私の体にじっくり熱をためていく。高い高い青空はどこまでも青のままで、カモメは風と遊び、白い雲を追いかけていた。

こんなにいい天気なのに夕陽が見られないなんて。残念だなあ。今日だけハズレればいいのに。おばあちゃんの天気予報……。

ふと沖へ目を向けると、ミナコとヨウジ君が勢いよく水しぶきを上げてジェットスキーを飛ばしていた。わざと船体を急旋回させ、ミナコを振り落として遊んでいる。海に落ちたミナコはそのたびに黄色い声を上げていた。時折、ジェットを止めてじゃれ合いながらキスまでしている。私は、青春ど真ん中の二人を眺めて微笑ましい気持ちになった。この場合、ミナコの恋心の質はとりあえず別として。

太陽に顔を向けて目を閉じると、まぶたの裏がまっ赤に染まった。
血の色が透けてる……
そう思うと突然あの歌が思い浮かんだ。

♪ボクらはみんなー
生きているー
生きているから
歌うんだー

私の頭の中はこの歌でいっぱいになった。しかもイメージはなぜか屋外でオーケストラを引きつれた少年合唱団。明るい日射しの中で元気に歌う子供たち。

♪手の平を太陽にー
透かしてみればー
まっ赤に流れるー
ボクの血潮ー

その時、

「ねえねえ！」
すぐ隣で男の声がした。私は目を閉じたままだった。頭の中のコンサートは続く。
♪ミミズだって
オケラだって
アメンボだってー
「ねえってば。寝てるの？」
私はただのナンパだろうと思い、コンサートが終わるまで返事はしないと決めた。想像の中の合唱団の歌声がなぜだかとても心地良かったから。
♪みんなみんな
生きているんだ
友達なーんーだー
よし。完唱。そこで私はやっと目を開いた。そこには真っ黒に日焼けした男の子がいた。年齢も私とそう変わらない。
「何してんの？」

彼はニカッと笑った。その笑顔はあまりにも無邪気で、無垢な透明さが一瞬彼のまわりを包み、私は思わず息を呑んでしまった。

「肌焼いてたの。夏だし」

私がそう答えると
「ふうん。そっか……」

と言って、彼は突然何かを発見したみたいに私の足をジッと見つめた。

「え？　何？　なんかついてる？」

あまりにまじまじと見つめるので、虫でも這っているのかと怖くなって尋ねると、

「いや、キレイな足だなと思って。こういういいものはどんどん見せたらいいなって」

私はキョトンとしてしまった。セクハラの様なこの発言。なのに彼が言うとちっともいやらしくなかった。ただ純粋に、心のままに言葉が生まれた。そんな感じだった。

私がぼうっとしていると彼は立ち上がり、じゃあね！と明るく手を振った。

「え、ちょっと待ってよ」

私が彼を呼び止めたその時、

「おいサトシ！　どこ行くんだよ！」

沖から戻ってきたヨウジ君がさけんだ。ミナコも笑顔でかけ寄ってきた。

「サトシ君！　久しぶり！」

え？　サトシ君？

「おお！　ミナコちゃん。元気？」

彼はふり返って二人と親しげに会話を始めた。そしてヨウジ君が私を紹介してくれた。

「この子がマミちゃん。ミナコの親友。で、こいつがサトシ。仲良くしてやって」

「なんだ。ミナコちゃんの友達だったんだ」

サトシ君はふふっと笑った。

「あなたがサトシ君」

私もおかしくてついふき出した。

「よし！　全員揃ったし、メシにしよう！　今日はバーベキューだ！」

ヨウジ君はそう言うとはりきって準備に取りかかった。

「肉も野菜もまな板も包丁も、全部一式入ってるから」

ヨウジ君は車のトランクから〝バーベキューセット〟なるものを取り出して、ドカンと置いた。

男二人が手早く炭を起こし、私達女は食材を切りきざみ、あっというまにパーティーが始まった。

強い日射し。肉の焼ける匂い。冷えたビール。海のきらめき。みんなの笑い声。

私達はさんざん食べて飲んで、その「モロ夏！」といわんばかりの宴を充分に満喫した。


食後、私は砂浜に腰を下ろしサトシ君の隣で打ち寄せる波を眺めていた。

「さっきの変なナンパ、面白かったよ」

私が笑ってそう言うと、サトシ君は言った。

「あれはナンパじゃないぞ。一日ひとホメごっこ。俺が考えたの。一日一回、何かいいモノを見つけたら近づいてホメるんだ。しかもさりげなくこっそりな。そしたら何だかお互いあったかくなるかなって。おもしろいかもって思って始めたんだ。今年で3年目！」

「3年も毎日?!　変なの！　でもわかる。そのこっそりがポイントなんでしょ」

「そう！　ソレ！　こっそり！」

そう言って二人でクスクス笑った。

彼の持っている空気は確かに温かかった。それは、ひなたぼっこをしている時のおばあちゃんや、自然の中にいつも溶けているぬくもりと同じ匂いがした。

目には見えないけれど、ちょっと気をつけてさぐってみると、それらはいつでも私を元気づけてくれた。

私はサトシ君の横で、そのふんわりとやわらかな空間に閉じこめられていく様に思えた。電池の切れかかった時計の秒針が、ゆっくりゆっくり止まるみたいに、波の音も、辺りのざわめきも、強い日射しも、目の前に広がる広大な地球も、全てを包んでストップしてしまいそうな不思議な時間だった。

「マミちゃんといると眠くなる……」

サトシ君がすごく優しい声でそうつぶやいた時、

「ねえ！　マミちゃん！　ジェット乗ろうよ！」

ヨウジ君が大声で私を呼んだ。

おいでおいでと手招きしている。

「泳げないからやめとく」

私は少し迷って断った。実はかなりのカナヅチなのだ。浮く事すら出来ない。ミナコみたいにわざと振り落とされたら……と思うと腰が引けた。それに何より、もう少しサトシ君と一緒にいたかった。

私の気持ちとは裏腹にヨウジ君が誘う。

「泳げなくても平気だって。ゆっくり走るからさ！」

「そうよ。マミも乗っておいでよ。楽しいよ！」

ミナコがぐいぐい背中を押す。

それでもしぶっていると、ヨウジ君は私の手を引きながらバシャバシャ海へ入ってしまった。

「ホントにホントにゆっくり走ってくれる？　振り落としたりしない？」

仕方なくジェットにまたがりながら確認すると、

「大丈夫、大丈夫!!　まかせとけ！」

と軽く笑った。

大丈夫を二回続けて言う人は、他人の事はどうでもいいタイプな気がするのでかなり不安になったが、ヨウジ君はさっさとアクセルを回し、あっというまにジェットスキーは滑り出した。


砂浜が遠ざかり、ジェットスキーは水平線へと突き進む。小さな波にぶつかるたび、船体ごと体が浮いた。私は必死でヨウジ君にしがみつき、落ちません様に……と真剣に祈っていた。スピードが上がるごとに水しぶきは細かくなり、冷んやりした風に包まれる。次第に恐怖心が消え、私は楽しくなった。

「すごいすごい！　気持ちいい！」

青一色に染まった景色の中、体はふわふわと浮かび、まるで空を飛んでいる様だった。

すると突然、ヨウジ君が振り向いて何か叫んだ。エンジン音と風の音で耳が塞がれて聞き取れない。

ん？　わからない。もう1回。

え？　何？　なんて？

ヨウジ君がまた叫ぶ。

「お・と・す・ぞーっ!!」

私がヨウジ君の言葉を読み取ったのと、急旋回した遠心力で、体が船体から離れたのとがほとんど同時だった。

落ちる!!

そう思った瞬間、バシャーンと勢いよく体が海面に叩きつけられた。

一瞬にして視界がまっ青に染まり、キラキラ光る白い泡が全身を包んだ。私は必死で手足をばたつかせた。しかし、手の平は虚しく水中を切り、どこにもつかまる事ができない恐怖が私をパニックにおとしいれた。

沈んじゃう！　助けて！

上下左右が全くわからず、体は水の中を踊る。聞こえているのはボコボコという不気味な音だけ。少しずつ沈みながら濃さを増す海底の闇……。

怖い！　死んじゃう！

私の吐き出す空気が太陽の光に反射して、無数の輝く水晶玉になった。

苦しい……　息ができない……

あぁ……キラキラの水玉がキレイだな……

遠のいていく意識の中で最期に感じた感覚は、なんと驚いた事に〝気持ちいい〟だった。


気づくと私は白い天井を見上げていた。

ここはどこだろう？　ぼうっと考えていると、

「マミ！　大丈夫？」

泣き腫らした目のミナコがいた。私は夢うつつのまま、今の状態を理解しようとした。

何が起こったんだっけ？　あぁ、そうだ。海で溺れたんだ……　ジェットから落ちて……

ぼやけた頭がさっきまでの記憶を目まぐるしく蘇らせてくれた。

「マミ！　死んじゃうかと思った！」

そう言ってミナコはおいおい泣き出した。

「ごめんな……、俺、ふざけ過ぎちゃって……浮く事くらいできるだろうって思ってたんだ。本当に……、本当にごめん……」

見るとヨウジ君が肩を落として青白い顔でうつむいていた。サトシ君も黙って床を見つめたままだった。ミナコのすすり泣く声だけが静かな病室に響く。

「大丈夫だよ。気にしないで。もう平気だから……」

私はヨウジ君のひどく落ち込んだ顔を見ると怒る気にもなれずにそう答えた。みんなのいたたまれない悲しみが部屋じゅうに満ちている。私はなんとなく視線をそらし、ふと窓の外をながめた。暗闇に、ぽっかりと丸い月が輝いている。その月は白く、澄んでいて、とてもキレイだった。

あれ？　今日は夕焼けが見れたんじゃない？　こんなにキレイな月が出てるのに……。

ああ、そうか。空が曇るから夕陽が見れないんだとばかり思ってたけど、私が溺れるから見れないって事だったんだ。じゃあおばあちゃんは、私が溺れるとわかってて……？　いや、それは違う。わかっていたら引き止めたはず。

あのおばあちゃんなら……きっと……

のん気にそんな考えをめぐらせていると、サトシ君が口を開いた。

「とにかく無事で良かった……。本当に、本当に良かった……」

そして優しいまなざしで微笑んだ。

「ごめんね。みんなに心配かけちゃって」

私がそう言うと、

「ゴメン!!　俺が悪いんだ！　本当にゴメン！」

ヨウジ君が床に頭をすりつけて土下座した。

あぁ……そんな……。そんなにまでしてもらわなくても……。頭を上げて下さい。

私は大丈夫です……。生きています……。ここにこうして、前と変わらず……。

そう思ったが言葉にはならなかった。


私はそれなりの検査を済ませ、意識不明にはなったものの全く異常ナシと診断された翌日には退院した。

ヨウジ君は後日改めて私の家まで菓子折りを持って謝りに来てくれた。いつまでも申し訳なさそうでこちらもいたたまれず、笑顔で見送ったけれど、その後、四人で集まる事はもう無かった。

おばあちゃんにはこの小さな事件は秘密にしておいた。

あの時、引き止めなくてすまないねえ……なんて頭を下げられでもしたらたまらない。できるだけ余計な心配はかけたくなかったし、知らなくていい事もある。過ぎ去った出来事ならなおさら。

そんな事件もすっかり遠のき、私はいつもと変わらぬ日々を過ごしていた。外の景色だけが少しずつ変化し、山肌の緑はうすいオレンジに色づき、夏のあいだはあんなに濃い青だった空も、今ではすっかり透明な水色に変わっていた。秋の訪れがあちこちに溢れたある日、街中でばったりサトシ君に会った。

「あ！」

私達はお互い顔を見合わせ、ふふふと意味深な笑いを浮かべた。

「元気そうだな」

「おかげさまで」

「もう大丈夫なの？　気になってたんだ。どうしてるかなって」

そう言ってサトシ君は照れた。彼のその言葉が私の胸を温かくした。気にかけてくれていた事がとても嬉しかった。

「大丈夫。前と変わらず過ごしてるから。それに溺れるなんて、きっとよくある話よ」

私はいつもそう思っていた。突然振りかかる良い事と悪い事の比率はきっと同じなのだろうと。それは、ありふれたよくある話で、たまたま私に振りかかっただけなのだろうと。

「そうか。ならいいんだけど……ミナコちゃんから何か聞いてない？」

「聞いてない……って、何が？」

「いや。聞いてないならいいんだ」

サトシ君はそう言って言葉を飲み込んだ。

何だろう？　何が言いたいんだろう？

「何よ、気になるじゃない。もしかして愛の告白だったりして！」

私は冗談のつもりで、でもどこかで少し期待しながらそう言ってケラケラ笑った。

するとと彼は妙に深刻な表情で尋ねた。

「本当に何も聞いてないのか？」

「え？　だから何なの？　何かあったの？」

「……んー。どうしたものかな。言いかけてしまったし……」

彼の煮え切らない態度に、私はついイライラしてしまった。

「何？　言いたい事があるならハッキリ言ってよ」

すると彼はうつむいたまま口を開いた。

「俺達、あの時すごいもの見たんだ……」

「……すごいもの？　すごいものって何？」

「信じてもらえないかもしれないけど、本当に見たんだ……。あの時、君が海に沈んだまま浮かんでこなくて、みんなパニックになったんだ。電話で救急車呼んだり、ライフセーバーを探しに行ったり、バタバタしてたら……。そしたらさ……」

そこでサトシ君は言葉を止め、どこか遠くに瞳をさまよわせた。そして振り返り、改まって私を見つめた。まっすぐに。じっと。深い目の色で。

あまりの真剣なまなざしに、私は思わず息を呑み、次の言葉を待った。

サトシ君の唇がゆっくり動き出す。

「あの時……、君を探してた時……、突然、海の上に白髪頭のおだんごゆったばあちゃんが現れたんだ……。そして君の体を水面からズルズル引っぱって……、ズルズルズルズル……波打ち際まで引っぱってな……、ゴロンと置いたんだ。そしてばあちゃんは俺達の方を見てにっこり笑って、深々と頭を下げたんだ。背中をちっこく丸めて、後はよろしくって顔して……。そのままスウッと消えたんだ……。それを見たのは俺達三人だけだった。その後すぐに浜で騒いでたほかの奴らが、いたぞー！　あそこだー！って」

私は固まってしまった。

おばあちゃん……？

「そのおばあちゃんって、白いかっぽうぎ着てた？　首に赤いの下げてなかった？」

「うん、着てた。白いの。そういえば、君をズルズル引っぱってる時、首からブラブラしてたな……、なんか赤いのが……」

　間違いない!!

　うちのおばあちゃんだ!!

　おばあちゃんはいつも『私のお守り』と言って、首から赤い巾着をぶら下げている。中には死んだおじいちゃんの写真が入っていた。

　おばあちゃん……

　言葉にならない想いが私の胸を締め付けた。子供の頃から、いつだってあのしわしわの手は私の味方だった。きっと、そんな非現実的な出来事の中にこそ、普通に暮らす私達には計り知れない大きな温もりがひそんでいるんだと思う。私達人間が、この小さな体で生きている小さな現実は、いつだってその実体のないパワーに覆われているのだろう。それを〝愛〟という言葉で片づけてしまうのは、あまりにもちっぽけかもしれない。

　そして、気がつくと私は道のまん中でポロポロと声も出さずに涙を流していた。

無意識に溢れ出た熱い涙は頬を伝い、ポトポト胸に落ちた。そんな私を見て、サトシ君はそっと頭をなでてくれた。

「大丈夫？」

心配そうにのぞきこむ彼に、私は照れ笑いを浮かべて答えた。

「へへへ。ごめんね。びっくりしちゃって。そのおばあちゃん、私のおばあちゃんだよ」

「そっか……、いいばあちゃんだなあ……。きっと、愛する人を守りたいとか、幸せでいてほしいとか、そういう願いや祈りって実はすごく大きな力を持ってるんだろうなあ。反対に憎しみみたいな黒い力も、良いものと同じ分量で存在してて、人間はそのたくさんの引力の中でバランス取って生きてるのかもな。自分の内側も外側も全部ひっくるめてさ」

「うん。そうだね。私たちなんてきっと、そんな目に見えない、ものすごく大きな流れの一部でしかないんだろうね。それは無限に広がってキリがないから、私たちは今目の前にあるこの場所を、ひたすら生き切るしかないんだろうね」

「俺は……、俺はそれでも、この目の前のちっぽけな場所が好きだな。いつか死んで、流れの中に溶けていくだけだとわかっていても、ここは素敵な所だなって思ってるぞ」

「うん……。私もそう思っていたい」

私たちは顔を見合わせ、ふふっと笑った。その時のサトシ君の横顔には、厳しさと、たくましさと、そして優しさが漂っていた。

「今度おばあちゃんに会わせてあげよっか。幽霊もどきだけどね！」

「あはは！　そうだな、本当の幽霊になっちゃう前にぜひ！」

「失礼ね。まだまだ元気よ」

そう言って笑う私を見つめるサトシ君の瞳の色に、これから始まるであろう二人のかわいらしい未来をかいま見た。きっと私達はこれからもっと仲良くなるだろう。海で過ごした時の様に、二人でしか作れないあのゆったり流れる愛しい時間を、この先どんどん増やしていく事になるだろう。なぜかそう確信した私は、心の中にふわりと明かりが灯るのを感じた。

家に帰った私は、まっすぐおばあちゃんの指定席へ向かった。

そこには、いつもの様にお茶をすすりながらひなたぼっこをするおばあちゃんの小さな背中があった。

「ねえ、おばあちゃん……、おばあちゃん、私を助けてくれたの？　あの日、海で私が……」

そう言いかけると、おばあちゃんはユラユラと茶色に澄んだお茶を見つめてポツリとつぶやいた。

「わたしゃ知らんねえ……、天気の事しかねえ……」

そして、しわしわの唇でズズッとひとくちお茶をすすった。

今日もお日様は、やわらかな日射しで部屋を満たし、私達をあたたかく包み込んでいた。

あとがき（みたいなもの）

さっき夕焼けを見ました。あの夕ダでガンガン見れるビッグなショー。それを単純に、キレイだなぁ…あのピンクんとこ…。と思える。さっきごはんを食べました。冷ややっこ（なめ茸のせ）。それを、おいしいよなぁ…やっぱなめ茸は…。と思える。そーゆうのって、やっぱり一番大事なトコだと思うんです。私には、伝えたい事がいっぱいあります。たくさんの心のカケラをつむぎたいから、これからもどんな形であれ、ずっと物を書き続けます。そのカケラを生み出す想像力を与えてくれるすべてのもの達へ…
心の底から、ありがとう。

03・8・11
坂上いくよ ☺

著者プロフィール

坂上　いくよ（さかがみ　いくよ）

1977年10月20日、北海道生まれ。
釧路市出身。札幌在住。一児の母。

∞《むげん》

2003年10月15日　初版第１刷発行

著　者　坂上　いくよ
発行者　瓜谷　綱延
発行所　株式会社文芸社
〒160-0022　東京都新宿区新宿１－10－１
電話　03-5369-3060（編集）
03-5369-2299（販売）

印刷所　東洋経済印刷株式会社

© Ikuyo Sakagami 2003 Printed in Japan
乱丁・落丁本はお取り替えいたします。
ISBN4-8355-6434-0 C0092
日本音楽著作権協会第0310251-301号